白い犬

けのすけ

文芸社

contents

白い犬

白い犬

白い犬を見た
片方の足をひきずったまま
行く場所もなくさまよい
首は下へうなだれていた

犬はいつの間にか
大通りへ出た
確かにきらびやかだった
犬は見つめたままだった

やがて白い犬は
今来た道をふり返り
何かを思ったらしく
足早に歩き始めた

白い犬は見た
白くきれいなめす犬を
がむしゃらに飛びつき
むりやり犯すようだった

やがて白い犬は
満足そうに　でもどこか
さびしげに消えて行った
犬だからこそと思った

時間よとまれ

暑い日差し　人ごみの中
あせる心をひきずって
君の待つハンバーガーショップ
何もかもが楽しく見える
君との初めての待ち合わせ

映画の流れに身をまかせ
時々目が合うと
むしょうに照れくさかった
君はちょっぴり冗談なんか
言ってみせるけど
僕にはそんな余裕もなかった
とにかく君の笑顔がうれしかった

時間よとまれ　時間よとまれ
いつまでもこうしていたいから

映画館から出てみると
太陽が西に傾いていて
ちょっとがっくりの僕だった
それから僕は自転車をひいて

二人で緑の続く道を

何かしゃべってみたいけど
君を見るとつい言えなくて
せみの声がうるさいばかり
時々人がひやかしまじりに
じろじろ見ながら通りすぎる
でもこうして君と二人で
この道を歩いていることが
僕には最高だった

時間よとまれ　時間よとまれ
いつまでもこうしていたいから

僕には君だけが真実だった

僕には君だけが真実だった
君のすべてが好きだった
暗闇の中で僕には君が見えていた
通り過ぎる車　階段のきしむ音
月明かりにほの明るい窓ぎわ以外
すべてが君だった
匂いや声がただよっていた
なのに現実には僕は君が怖かった

卒業間近のこの時期に
君に溺れてはいけないと思った
あの時はそう思った
今思えばもっと溺れるべきだったと気付く
何も解らないあの状態のまま
闇の中で高く舞い上がるべきだった
僕はただひとりよがりなだけだった

水のないプール

ピエロは陽気に飛び込み台へ
近づいておどけるように飛びおりた
人々は大いに笑ったよ
でも下は水のないプール

人々はきっとそれを知っていたはず
いや知っているってことに気付かないんだ
ピエロは笑ったあげくにこっぱみじん
みんなそこから動けない

そこで人々は気付くんだ
ピエロを笑ってた自分に

そこで人々は気付くんだ
ピエロを笑ってた自分に

こんなに悲しい結末なんてないよ
人々は恐怖に身震い始める
一歩でも動けば自分の番だって
そう思うらしいんだ

ピエロが天国へ上れるよう
みんなで祈るべきなんだ
もたもたしてたらもっと悲しい出来事が
待ち構えているに違いない

だから水のないプールへ近づいて
ピエロのために祈るんだ

だから水のないプールへ近づいて
ピエロのために祈るんだ

ただ花を贈りたかっただけ

ただ花を贈りたかっただけ
今咲き乱れようとしている花たばを
これは素直な気持ち
会社の経費はどうでもいい

彼女はささえを失って
自分のことすらわからない
月下美人のように散った人
たのむからせめるのはやめてくれ

花にゆっくり近づいて
彼女は静かに微笑んだ
彼女は僕らに笑みをむけるが
僕は言葉が見つからない

ただ花を贈りたかっただけ
今咲き乱れようとしている花たばを
これは素直な気持ち
会社の経費はどうでもいい

明るくおおらかに

小鳥がさえずってます
平和のひびき
ささいなことで壊れてしまいそう
でも明るくおおらかにさえずってます

明るくおおらかに

明るくおおらかに

明るくおおらかに

明るくおおらかに

弾丸がない

どこへ行けと言うんだい
僕には弾丸がないんだよ
君のを貸してくれるかい
無理だよね

でも君の場合
それ　ない方がいいよ
君は今度それを使う時
自分の頭をねらうから

だから僕に貸してくれ
僕は君ほど長く持っちゃいないから
ちょっとためしてみたいんだ
無駄なことだと思うけど
ちょっとした好奇心さ

それともまず僕が
君の頭ぶちぬいてやろうか
そうすりゃこれは僕の物だから
君ほど長く使ったら
誰かと相撃ちしてやるよ

だから僕に貸してくれ
僕は君ほど長く持っちゃいないから
ちょっとためしてみたいんだ
無駄なことだと思うけど
ちょっとした好奇心さ

それともまず僕が
君の頭ぶちぬいてやろうか
そうすりゃこれは僕の物だから
君ほど長く使ったら
誰かと相撃ちしてやるよ

行き場所はないんだし
お互い好都合ってところだろ

それじゃ君は向こうをむいてくれ

感じつづける

俺は感じつづける
正直者が住みにくい世界
俺は死ぬまで感じつづける
正直者が住みにくい世界

もう俺に必要なのは
愛情と友情だけと解ったのさ
でもこんな俺を見つめてくれる
そんな女がいるのかい
街へ出かけても見つかりはしない
又　くだらない尻軽女に出会うだけ

俺は感じつづける
正直者が住みにくい世界
俺は死ぬまで感じつづける
正直者が住みにくい世界

幸いにも俺には一人だけ
本当にいい友達がいるんだ
ただなぐさめ合ってるだけじゃないぜ
お互いの不幸を笑い合って

でもそれが俺たちの笑い方なんだ
本当にいい友達さ

俺は感じつづける
正直者が住みにくい世界
俺は死ぬまで感じつづける
正直者が住みにくい世界

職場に行けば　又
あのむなくそ悪い上役どもに
肩をたたかれ　はき気をもよおす毎日さ
このままじゃいつかは俺も病院送りさ
たのむぜその前に俺を抱いてくれる
やさしい女　ここにあらわれてくれ

俺は感じつづける
正直者が住みにくい世界
俺は死ぬまで感じつづける
正直者が住みにくい世界

銭湯

銭湯の煙突から煙がのぼり
夕日が辺りを朱に染める
冷たい風がふきぬける中
僕は父と銭湯へ向かう

背中に入れ墨をしたおじさんが
湯船の湯を頭からかぶっている
頭に手ぬぐいをのせた坊主のおじさんは
歌を歌っている
僕はまず湯をかぶり
ゆっくり湯船にはいる
今日の湯はちょうどいい
僕は湯船の中で数をかぞえ
百までかぞえてあがる
高校生ぐらいのおにいさんが
口笛をふく練習をしている
僕はそれを不思議そうに見る
僕は時々母とも銭湯に来るが
僕を見ると笑うおねえさんがいる
僕は不思議とうれしい
たまに水を出しすぎたりした時に

怒るおじさんは
相変わらずむずかしい顔をしている
僕はこのおじさんが苦手だ
番台のおばあちゃんは
いつもテレビを見ている
僕は風呂あがりに
リンゴジュースを飲むのが好きだ
湯気がのぼる中
湯船につかるのは最高だ
だけど一度お湯を出すとき手をすべらせて
頭に大けがをしたことがある
時々すべってこけることもある
僕はそれでも銭湯が大好きだ
「けいすけそろそろ帰るぞ」父が呼ぶ
僕はさっと湯船からあがり
素早く服を着て
お約束のリンゴジュースをいっきに飲む
本当においしい

冷たい風がふきぬける中
足早に路肩の車庫用の鉄板を
わざとガタガタいわせながら
家に帰る

そしてすぐこたつにもぐりこむ

父はテレビを見ながら
風呂あがりの一杯をやっている

Happy Wedding

やりてえ

わおすげえ
やりてえ
ナイスボディ
たまんねえ

そりゃいいけど
何で男三人なんだよ
知らねえよ
たまんねえなあ

とりあえず飲むか
むらさきでも行くか
いいんじゃねえ
安いし

とりあえず乾杯
やってらんねえなあ
女と飲みてえよ
何食うよ

いいなあカップル
いちゃつきやがって
見せつけんじゃねえっての
ふざけやがって

おめえあの娘どおなった
何にもねえよ
終ったのか
知らねえよ

やっぱありさだな
俺はりほだな
どっちもたいしたことねえよ
じゃ誰なんだよ

それよりおめえら
金持ってんのかよ
俺三千円しかねえよ
そりゃまずいな

もう一杯ずつか
しゃれになんねえ
それよりほんと
やりてえなあ

マスターベーション

最近のＡＶ女優のねえちゃんって
めっちゃきれいでたまんないよね
とりあえず一発ぬいて寝る

でも一発ぬいたあとの
あのむなしさって何だろう
そしてあの罪悪感は

それと何故か勉強してると
ぬきたくなっちゃうんだよね
頭ん中に虫でもいるのかね

やべ　フィニッシュページ間違えた
あるよね

目で落とす

俺は女を目で落とす
あの女　もう落ちてますよ
ほんとっすよ　橋本さん
そうなんだ　そりゃすげえ

ほんとなんすよ　橋本さん
わかんないかな　わかんねえよ
史上最大の勘違い
こいつの頭　どうなってんの

俺は女を目で落とす

俺は女を目で落とす

女は美しい

俺は女にすぐほれる
別に何をするわけじゃないが
でもふとした瞬間
やっぱり女房だと思う

ついついおって思ってしまう
その瞬間にはもう
小さな恋に落ちている
小さな恋に落ちている

俺は女にすぐほれる
やっぱり女は美しい
どうしても女にすぐほれる
ほんとに女は美しい

スナックにて

洒落た空間に身をおいて
元気いっぱいの彼女たちは
小粋にゲームを楽しんでいる

俺は片隅に身をおき
一人古いナンバーを歌う
やわらかい照明の中に
ドライフラワーが浮かびあがる

ばかさわぎしている男たちと
いつしか意気投合した俺は
無邪気に歌を歌い合い
お互いのことを語り出す

小粋にゲームを楽しむ
彼女たちとも言葉を投げ合い
歌の一曲一曲が
ワンマンショーのようにもりあがる

ミラーボールに誘われるように
飲む速度も増してゆく

ママの笑顔に誘われるように
飲む速度も増してゆく

となりのやつが演歌をがなり
彼女たちの恋のゲームも
ひとまずおあずけで
洒落た空間もあったもんじゃない

俺も負けずに演歌をがなり
もう何が何やらわからない
彼女たちもママさんも
あきれた顔して笑ってる

彼女たちに興味を見せるやつ
ひたすら歌を歌うやつ
グラスはどんどん空になり
「あんたらバカね」とママが言う

歌が思い出を誘うのか
ひたすら飲んでる男は暗い
このやわらかい照明が
男の心をいやすのか

「もうそろそろ閉店よ」とママ
彼女たちはおひらきのようだ
「もう一杯いい？」と俺
となりのやつはマイクをはなさない

金曜日のシンデレラ

金曜日のシンデレラ
君は必ずそこで待っている
君のしている事が
手にとるようにわかるようだ

いつもの店へ行くだけでいい
決しておちょくってるわけじゃない
本気なんだよ
金曜日のシンデレラ

君の喜ぶ顔を見たいんだ
君の胸の感触は
確かに僕をとりこにした
でもそういう意味じゃないんだ

金曜日のシンデレラ
君の喜ぶ顔を見たいんだ
君といると
心が水のように流れだす

金曜日のシンデレラ
君の喜ぶ顔を見たいんだ
君といると
心が水のように流れだす

だが待ってくれ

やったぜ
いかした女をものに出来そうだ

だが待ってくれ
彼女を見るたびに
あいつの顔がちらつきやがる
女房でもないあいつの顔が

どうなってんだ
まだ抱いたこともない
あいつの顔が
あいつの顔が

やったぜ
いかした女をものに出来そうだ

俺は彼女に目くばせし
彼女は笑って下を向いたんだ
口もとおさえ
ふくみ笑いしてやがる

やったぜ
いかした女をものに出来そうだ

だが待ってくれ
彼女を見るたびに
あいつの顔がちらつきやがる
女房でもないあいつの顔が

どうなってんだ
まだ抱いたこともない
あいつの顔が
あいつの顔が

本気で好きだったのさ

この前の休みの日
君は何をしていたんだ
俺は駅の改札で
待ちくたびれた

君は電話でごめんなさいだ
頭にくるのを通りこした
だって三回目だぜ
これでＯＫってわけさ

俺はなんだかふにおちない
いいじゃないか一回ぐらい
そんな気持ちじゃないんだぜ
俺はまじなんだよ

俺はつれに言われたさ
その娘を本気で思うなら
音楽やめたっていいんだぞ
すばらしいじゃないかってね

俺は君が好きなだけさ

本気でつきあいたいのさ
でもどうなんだろう
何で音楽やめることになるんだろう

確かに今音楽で
飯が食えてるわけじゃない
だからって
音楽やめることはない

どういうことなんだ
どうしろと言うんだ
まったくわからない
まったくわからない

俺は君が好きなのさ
俺は本気で好きなのさ
君にあげた指輪
どうしてくれてもかまわない

だがこれだけは
知っておいてくれ
俺は君が好きだったのさ
本気で好きだったのさ

そりゃきらわれるよな

彼女を映画にさそった
すごくうれしそうだった
俺は待ち合わせに
十分かそこら遅刻した

つれがちょっと待て
どんな娘か見たいと
俺はあやまって
何とかすんだ

長い行列の中
彼女は猫のように
俺にじゃれてきた
たまらなかった

ロッキー４を見終わって
俺はしゃべってしまった
「実は俺　ロッキーって
きらいなんだよね」と

俺はストーンズ、ルー・リード

彼女はポールにフランキー
俺はそれにけちつけた
何でなんだと

しまったと思った
でももうとめられない
雰囲気が悪くなって
沈黙が続いた

喫茶店を出て
別れる時　彼女
「もう電話しないで下さい」と
あらぬ方を向きながら言った

目を合わすことなく
そのまま去ってしまった
やっちゃったと思った
しょうがないと思った

なぜかもう一度
電話出来なかった
もうしわけなさが
こみあげてきた

「あんなこと言っちゃ
そりゃきらわれるよな」

鎧 着た戦士
<ruby>鎧<rt>よろい</rt></ruby>

力がぬけそうな時
僕は車をとばしながら
君を思う

君のやさしさが
僕をつつみこむまで
速度をあげながら

僕は君と一つになりたいのさ
心臓の鼓動がぶつかりあうまで
一つになりたいのさ

まるで　みんな
鎧着た戦士だ
正直　心がおれそうで
君の顔が浮かんでくる

僕は君と一つになりたいのさ
心臓の鼓動がぶつかりあうまで
一つになりたいのさ

君の寝息を聞きながら
カーテンごしに薄明かりを感じ
もう一度君を抱きしめたくなる

Happy Wedding

夜の中　一人きり
君を思い苦しくなる
もうはなれた状態のままでは
僕は生きることさえ出来ない

だから Happy Wedding 歌おう
この歌にのせて歌おう
愛することの力強さを
この歌にのせて歌おう

君を守りぬこうと
誓ったあの日から
僕の心は一度も
たったの一度もゆるんじゃいない

だから Happy Wedding 歌おう
この歌にのせて歌おう
君を守りぬこうと
誓ったあの日から

君はいつもどんな時でも

最高に美しく輝いてた
君はいつもどんな時でも
最高に美しく輝いてる

だから Happy Wedding 歌おう
この歌にのせて歌おう
愛することの力強さを
この歌にのせて歌おう

だから Happy Wedding 歌おう
この歌にのせて歌おう
君を守りぬこうと
誓ったあの日から

LaLaLaLaLa………

ママからの贈り物

ママからの贈り物

ゆりかごの中の
つぶらな瞳
首をかしげて
僕にほほえむ

ちっちゃな手には
しわ一つなく
軽くにぎって
僕によせるよ

シャラララララ……

腕をふりふり
軽く笑って
ママからの贈り物は
幸せのキッス

シャラララララ……

コーラのスープ

コーラのスープが
あふれだし
あっという間に
街を飲みこんだ

どんどんどんどん
あふれだし
もうどうにも
とまらない

なんだか
このスープ
奇妙にべとつき
気持ち悪い

ほら街が
溶けてゆくよ
コーラのスープが
溶かしてゆくよ

でも　コーラのスープは
　　　おいしそう
　　　コーラのスープは
　　　おいしそう

俺は俺

今日はむしょうにむしゃくしゃする
別に悩みがあるわけじゃない
何かに向かってほえたい気分
俺は誰だ

やつをうらやましく思うわけじゃない
やつがエリートだろうと気にしない
何かに向かってほえたい気分
俺は誰だ

何かを破壊したいわけじゃない
やつを殺めるつもりもない
何かに向かってほえたい気分
俺は誰だ

そう俺は俺　　そう俺は俺

俺は大丈夫　　そう俺は俺

空飛ぶ車

うわ〜なんてきれいな海なんだ
　　　空飛ぶ車が遊覧船
　　　行ってみようよあの島へ

うわ〜なんて豊かな島なんだ
　　　空飛ぶ車の宙がえり
　　　活気に満ちた大自然

うわ〜なんてのんきなとこなんだ
　　　信号なんて一つもない
　　　ホットな声が響きあう

うわ〜なんて　純心　大冒険
　　　素敵な目をした人たちと
　　　愉快な旅はこれからだ

　　　空飛ぶ車で行ってみよう
　　　空飛ぶ車で行ってみよう

うわ〜なんて素敵な鳥の唄
　　　空飛ぶ車もひと休み

豊かな自然を感じたよ

うわ〜なんてひんやりこの清水
　　　ちょっとすくって飲んでみる
　　　命が喜ぶ気がしたよ

　　　空飛ぶ車で行ってみよう
　　　空飛ぶ車で行ってみよう

うわ〜なんておいしいこの料理
　　　空飛ぶ車は食べられない
　　　ほんとに生きてる気がしたよ

うわ〜なんて静かな夜なんだ
　　　物音なんて一つもない
　　　きれいな星がすぐそこに

　　　空飛ぶ車で行ってみよう
　　　空飛ぶ車で行ってみよう

うわ〜なんてみごとな水平線
　　　朝日の光が輝いて
　　　言葉に出来ない美しさ

うわ～なんてかわいいイルカたち
　空飛ぶ車も大はしゃぎ
　どっちが速いか競争だ

　　空飛ぶ車で行ってみよう
　　空飛ぶ車で行ってみよう

うわ～なんてやさしい島の人
　自然と共に生きている
　人ってこんなに素敵なんだ

　　人ってこんなに素晴らしいんだ

　　空飛ぶ車で行ってみよう
　　空飛ぶ車で行ってみよう

銃弾

銃弾にたおれ
死んでゆく子供たち
でたらめな大人たちの
仕組んだ罠

きたないのも人間で
やさしいのも人間で
なぜか人は
きたない方へ向かってゆく

虐げられた
やさしい人たち
傷ついた子供たちを
ひきとり治療する

必要以上に愛情をそそがない
彼らの親になってはいけない
平和村を作りたい
いつでも親に会えるように

そしていつか平和村が

なくなることが夢だ
続けることだ
子供たちが変えてくれる

やさしい人たちの笑顔が
脳裏に焼き付く
やさしい子供たちの笑顔が
脳裏に焼き付く

俺に何が出来るんだ
わかっているのに何も出来ない
結局見て見ぬふりをするしかない
最悪だ

どうすればいいんだ
どうすればいいんだ
何をすればいいんだ
何をしたらいいんだ

やさしい人たちの笑顔が
脳裏に焼き付く
やさしい子供たちの笑顔が
脳裏に焼き付く

この街

仕事一筋だった男は
妻のあまりの自由さに
しびれをきらして
女をつくって逃げだした
そして逃げた先で自殺した

息子がレイプでつかまった男は
この街から逃げ出し自殺した
当の息子はやくざになって
よそで生きているという
彼に罪の意識はないのか

居酒屋をやっていた男は
ギャンブルにはまり
多額の借金をつくり
店をたたんで自殺した
何が男をそうさせたのか

病弱だった男は
病気の妻に先だたれ
あっと言う間に

後追い自殺した
すごく気のいい人だったのに

町内会費をちょろまかす男は
のうのうと生きている

女を束縛し暴力をふるう男は
のうのうと生きている

骨までしゃぶる高利貸しは
のうのうと生きている

こんな人たちに
心の安らぎはあるのか
あるわけがない

放火や泥棒も
たまにおこる

向こう三軒両隣
楽しく暮らすこの街で

恐い話

最近　校内暴力はやってる
家庭内暴力もさかんになった
テレビはさわぎまくりきれい事うったえる
親の教育が間違っていると

最近　女子高生売春もさかんになった
当の教師でさえねらってる
れっきとした犯罪
見つからなければそれでいいのか

少女は体売り
親は息子のバットで殺された
そして今日も一人の少女が
ビルの屋上から飛びおりた

行くところまで行って
初めて気付く
何の罪もない子供たち
これでいいわけがない

しめつけてしまっている
子供たちを
しめつけてしまっている
大人たちのエゴで

不眠症

失敗して失敗して俺なんか
生きてる価値がないと本気で思った
この仕事がだめだったら
俺は死のうと本気で思った

とにかく一生懸命
とにかく一生懸命
だけどどうしても
ちゃんと眠れない

体がゆうことをきかなくなる
疲れきって仕事をさぼる
こんなことが繰り返される
頑張ろうって思っているのに

とにかく一生懸命
とにかく一生懸命
死ぬ勇気があったら生きられる
そう思って俺は生きている

「どうせなにやったってだめさ

桜の花にも気付かないこの俺が」
テレビが言ったこの言葉が
ふっと　俺の心を開いた

そういや俺は
桜の花にも気付いちゃいない
夜空の星にも気付いちゃいない

告白

昔書いた自分の詩^{うた}が
みょうに心にひっかかる
バカな魂に乾杯
バカな魂に乾杯

そこでどうだいこの辺を手だまにとって
遊んでみないかい
日が暮れたらお家へ帰りゃいい
人間は子供ここに気付きゃしめたもの

頑張らなくちゃ
しっかりしなくちゃ
そうじゃない
そうじゃない

好きなあの娘に近づけない
俺はだめだと思っているから
そうじゃない
俺はだめでもいいんだ

昔書いた自分の詩が
みょうに心にひっかかる
バカな魂に乾杯
バカな魂に乾杯

そこでどうだいこの辺を手だまにとって
遊んでみないかい
日が暮れたらお家へ帰りゃいい
人間は子供ここに気付きゃしめたもの

あの娘を見てると
心が乱れる
こんな胸の苦しさは
過去にはなかった

あの娘に近づきたい
近づきたいのに
近づけないはがゆさが
俺の胸をしめつけるんだ

昔書いた自分の詩が
みょうに心にひっかかる
バカな魂に乾杯
バカな魂に乾杯

そこでどうだいこの辺を手だまにとって
遊んでみないかい
日が暮れたらお家へ帰りゃいい
人間は子供ここに気付きゃしめたもの

思いきって告白しよう
娘きなあの娘に告白しよう
勇気を出して告白しよう
娘きなあの娘に告白しよう

俺はだめでもいいんだ
だめな自分でいいんだ
だめな自分がいいんだ
俺はこのままでいいんだ

昔書いた自分の詩が
みょうに心にひっかかる
バカな魂に乾杯
バカな魂に乾杯

そこでどうだいこの辺を手だまにとって
遊んでみないかい
日が暮れたらお家へ帰りゃいい
人間は子供ここに気付きゃしめたもの

人間は子供ここに気付きゃしめたもの

決　心

活発な彼女

おどろいてしまうのは
彼女の態度
ほかの娘と話をすると
体あたりしてくる

ここはホテルのパントリー
ありえないことだ
仕事の話をしてるのに
どういうつもりだ

俺を見るたび
ウヒャーとか叫んでる
そんなに好きなら
言ってくれればいいのに

思いっきり照れ屋で
思いっきり臆病で
でも正直で
活発な彼女

気にならないわけがない

気にならないわけがない

キャプテンやって
人気者で
ゴルフもやってる
活発な彼女

こっちから声をかけるのを
待っているのか
実はちょっとだけ
前から気になっている

活発な彼女
活発な彼女

だから体あたりは
ちょっとうれしい
でも今は仕事中
何考えてるんだ

活発な彼女
活発な彼女

あふれる涙

とめどもなくあふれる涙
別に悲しいわけでもなく
ただ川面に反射る
光がまぶしい

鼻をすすりあげ
かぜのように見せかけ
つり革に力なく
手をかける

とめどもなくあふれる涙
一体何がおこったのか
わけもわからず
ただ彼女を思い出す

モノレールの音が
不安をいっそうかきたて
ふと彼女のそばに
いなければいけないと思った

とめどもなくあふれる涙

一体何がおこったのか
わけもわからず
ただ彼女を思い出す

「お久しぶりです」と彼女
ほほえみながら言った
「お久しぶりです」と俺
真顔で言った

「しばらくぶりです」と彼女
「一年かな　そのぐらい」と俺
彼女は元気いっぱい
エレベーターをおりた

混雑した職場
俺を見ながら
自信たっぷりに
「協力しあお」と彼女

そのあと一瞬
ちょっとひるんだ気がした
なんとも言えない悲しみが
こみあげてきた

何を期待しているのか
ちょっとはずかしくて
逃げだしたくなった
素直に素敵だと思った

なぜだろう少しだけ
彼女を哀れに思った
そんな自分がはずかしい
そんな自分が哀れだ

彼女とはほとんど
しゃべったことがない
とめどもなくあふれる涙
あれは何だろう

とめどもなくあふれる涙
あれは何だろう

俺は彼女が好きなのか

いい男なんだから

彼女には彼氏がいた
「自分から言ったの」と彼女
目をぱっちりあけ
素直にそう言う

てきぱきしていて
快活でやさしい彼女
つい気がゆるせた
俺は彼女のファンだと言った

酒を飲みすぎてつい
電話したこともあった
彼女の声は
人をなごませる

「最近　太ったの」と彼女
「うん　そうだね」と俺
冗談にはならなかった
重苦しいふんいきになった

目をぱっちりあけ

ほおをふくらませ
首をかしげて
目をおよがせた

そうかと思うと
まっすぐ俺を見て
「いい男なんだから
でんとしてなさい」と言った

正直びっくりした
反省の念や
いい男じゃねえよって
でもどこかうれしい

急に我に返った
そんな感じだった
はっきりと言われたのは
初めてだったから

その時はっきりと俺は
「ボノのようになる」と言った

今でも彼女の言葉が
胸に焼きついている

行きあたりばったりの人生

何もしたいこともなく
何となく生きていた
家にいるのもおもしろくないし
ふと東京に行ってみようと思った

もちろん親は反対したが
俺は無視して出て行った
安いアパート借りて
とりあえずバイトして

ある時街を歩いていたら
モデルのスカウトに声かけられた
何となくやってみようと思った
別にその気はなかったけど

そしたらすごく人気出ちゃって
ある雑誌の専属モデルに
ちょっとはいい男だと思ってたけど
こんなことになっちゃうとは

そうこうしているうちに

今度は映画の話が
これも何となくやってみた
そしたらこれも大当たり

気付いたら
映画スターになっちゃってて
何の努力もしていないのに
こんなことってあるんだね

ところがだんだん
役者の仕事が好きになって
芝居の勉強
本気で始めた

ある女優と親しくなって
何となく結婚きめて
そしたらこの女性
とっても素敵な女性で

俺の人生つきすぎてないか
行きあたりばったりなのに
親にも家を建ててあげたし
妻ともうまくいっている

そして何より
役者の仕事が大好きで
まさに天職
素敵な映画を作りたい

行きあたりばったりの人生
こんな人生もあるんだな
俺は全く悩まない
いつもなんとかなると思っている

そして今じゃ
役者バカと呼ばれている

レイプ

本当に素敵だ
手記を書けるほどにまで立ち直った
私をレイプした男たちを許す
これは出来ることだろうか

しかし彼女はまだまだ苦しみながらも
少しずつ自分を取り戻している
自分に正直に生き始めている
殺した自分を取り戻している

因果応報
彼らはこれから何百倍もの
苦しみを味わうのだろう
だから彼女が手を下さなくていい

そんなことしたら彼女が汚れるだけ
そう彼女は彼女のままでいい
自分が一番大事
人はみな唯一無二の奇形

自分が幸せになること

それが勇者の証

ピエロのようなやつがいた

ピエロのようなやつだった
陽気にみんなを笑わせながら
いつも一人悩んでは
明日のことを夢見てる

恋をしては
ふられてゆき
それでもなお
意地をはって

ピエロのようなやつはまた
陽気にみんなを笑わせながら
いつも一人悩んでは
ふられた傷をいやしてる

そんなピエロのようなやつが
突然何かに目覚めたらしく
ピアノの前に立ったまま
小さい頃を語り出す

一心不乱

ピアノ弾いて
それでもなお
あきたらずに

ピエロのようなやつはまた
陽気にみんなを笑わせながら
いつも一人悩んでは
明日のことを夢見てる

ピエロのようなやつは言った
とにかく動くことだと言った
小さい頃からの思いを
そいつは動かし始めた

いつも一人悩んでた
そいつが自分のために動いた
ピエロのようなやつは言った
きらいたければきらえと

いつも一人悩んでた
そいつが自分のために動いた
ピエロのようなやつが言った
動くことだとそう言った

変なすれちがい

久しぶりの同窓会
ばったり彼女に出くわした
「橋本君よね～」と彼女
「十才と五才の子供がいる」と

不思議なもんだ
十数年ぶりなのに
まったく変わらない
ついやさしくしてしまう

彼女はふっといなくなる
もう少し話をしたかったのに
いい調子で飲んでる間に
帰ってしまったのさ

不思議なもんだ
いつもこうなるのさ
変なすれちがい
いつもこうなってしまうのさ

もう一度　彼女に
プロポーズしたくて
こっちに帰って来て
友だちに言われた

「お前バカか　由実ちゃん
三ヶ月前に結婚したぞ」と
いつもこうなってしまうのさ
いつもこうなってしまうのさ

変なすれちがい
いつもこうなってしまうのさ

本当にくやしかった
いつもこうなってしまうのさ

本当に情けなかった
いつもこうなってしまうのさ

決心

彼女は話があると言った
俺はラッキーと思った
彼女には子供がいる
俺は父親になれるのか

そんな話ときまったわけじゃない
それしか思い浮かばない
考えるのはよそう
車窓の外を眺める

川を横切る時　遠くの煙突や
川沿いの木に夜を感じる
コンビニやカラオケボックスが
やたらと明るい

彼女の待つスナックへ向かう
俺の心は黒い塊のよう
地下におりる階段の向かいに
白人の女が店をひろげている

洒落た店内にはいると

「よお　まあ　まあ　座って」と彼女
水割りを飲みながら
彼女がテーブルにつくのを待つ

ほかの客の大騒ぎは
気にならない
彼女の表情をちらちらと
不自然に見る

やっと彼女が席につく
「この前の彼　店のお客さん」
「子供おいて行くわけにもいかないから
連れて行ったの」と

「私　橋本さんを尊敬してます」と
俺はちょっと首をかしげる
「あんなに大きい声出して
頑張ってね〜」とかすれ声で言う

「ほんとすばらしいです」と
しかめっつらで首をかしげる俺
「ほんとすばらしいです」と
「ほんと尊敬してます」と

書　名	

お買上 書　店	都道 府県	市区 郡	書店名				書店
			ご購入日	年	月	日	

本書をどこでお知りになりましたか?
1.書店店頭　2.知人にすすめられて　3.インターネット(サイト名　　　　)
4.DMハガキ　5.広告、記事を見て(新聞、雑誌名　　　　　　　　　　)

上の質問に関連して、ご購入の決め手となったのは?
1.タイトル　2.著者　3.内容　4.カバーデザイン　5.帯
　その他ご自由にお書きください。
（　　　　　　　　　　　　　　　　　　　　　　　　　　　　）

本書についてのご意見、ご感想をお聞かせください。
①内容について

②カバー、タイトル、帯について

 弊社Webサイトからもご意見、ご感想をお寄せいただけます。

ご協力ありがとうございました。
※お寄せいただいたご意見、ご感想は新聞広告等で匿名にて使わせていただくことがあります。
※お客様の個人情報は、小社からの連絡のみに使用します。社外に提供することは一切ありません。

■書籍のご注文は、お近くの書店または、ブックサービス(☎0120-29-9625)、
セブンネットショッピング(http://7net.omni7.jp/)にお申し込み下さい。

郵 便 は が き

料金受取人払郵便

新宿局承認
1409

差出有効期間
2021年6月
30日まで
（切手不要）

１６０-８７９１

１４１

東京都新宿区新宿1－10－1

(株)文芸社

愛読者カード係 行

|ᴵᴵᵎᴵᴵᵎᴵᴵᵎᴵᴵᵎᴵᴵᵎᴵᴵᵎᴵᴵᵎᴵᴵᵎᴵᴵᵎᴵᴵᵎᴵᴵᵎᴵᴵᵎᴵᴵᵎᴵᴵᵎᴵᴵᵎᴵᴵᵎᴵ|

ふりがな お名前		明治　大正 昭和　平成	年生　歳
ふりがな ご住所	□□□-□□□□	性別	男・女
お電話 番　号	（書籍ご注文の際に必要です）	ご職業	
E-mail			
ご購読雑誌（複数可）		ご購読新聞	新聞

最近読んでおもしろかった本や今後、とりあげてほしいテーマをお教えください。

ご自分の研究成果や経験、お考え等を出版してみたいというお気持ちはありますか。

ある　　　ない　　　　内容・テーマ（　　　　　　　　　　　　　　　　　　　　）

現在完成した作品をお持ちですか。

ある　　　ない　　　　ジャンル・原稿量（　　　　　　　　　　　　　　　　　　）

「うん　まあ　そう」と俺
ふっと体の力をぬいて笑った
笑いながら下を向き
二度首をたてにふる

彼女は満面に笑みを浮かべながら
体をまっすぐ俺に向けていた
そんな彼女が愛らしい
彼女がほしかった

それだけかよと思った
彼女を見てふっと笑った
カウントダウンが始まった
クラッカーが鳴り響いた

「新年　あけましておめでとう」
ビールのかけあいが始まった
俺はいっきをやらされた
イェーイと拍手が鳴り響く

「またいっき回って来たら
私が止めるね」と彼女
店の女たちはカウンターに飛びのり
何杯もいっきをやり始めた

もう一度いっきが回って来た
イェ〜イと拍手がさらに大きい
二回目のいっきは客の中で
俺が一番目だったから

飲みほすや彼女がやって来て
「だいじょうぶう　もうさせないからね」と
ぐでんぐでんに酔ったママが
カルガモのように笑っている

「だいじょうぶう」とママ
「あんたがだいじょうぶかよ」と俺
ママは口に手をやりぷっと笑って
大騒ぎの中へ戻って行った

彼女たちのイェーイが鳴り響く
知った顔もいっきをやっている
元気いっぱいの彼女が叫ぶ
彼女の声はひときわ目立つ

ほたるの光が流れ出し
俺は彼女と店を出た
階段を上りながら

彼女は体をくっつけるよう

「声をかけたかったんだけど」と彼女
「よって手ふってくれれば」と俺
「うんじゃ　今度行った時は声かけるね
よ〜って」と彼女

回転鮨のボックス席から
彼女が手をふるのを想像した
子供が一緒の時の彼女は
幸せいっぱいの笑みを浮かべている

「子供があそこの鮨好きだから
また行くね」と
口にこぶしをあてながら
うつむきかげんでやさしく言う

胸をはり両手を前で組んで
「頑張って下さい」と彼女
キスしたい衝動をおさえ
俺は「うん」と言った

彼女から離れがたく
一歩歩いては彼女を見て

下を見たり　首をかしげたり
目をぱちぱちさせたり

彼女は俺の動きに合わせて
首をかしげたりしながら
両手を前で組んだまま
満面に笑みを浮かべていた

やっと決心がついたかのように
俺は「じゃ」と言って
タクシーの方へ歩き出した
が　ふと我に返った

首をたてにふり
両手をポケットにつっこんだまま
振り返り首をたてにふり
彼女を見据え下を見た

もう一度彼女を見据え
首をたてにふり
軽く息を整えながら
俺はゆっくりと歩き出した

彼女は満面に笑みを浮かべたまま

背筋をのばした
彼女の前に立ち
彼女の目を見た

一呼吸おいて
「つき合って下さい」と俺は言った

彼女は満面に笑みを浮かべたまま
下を向き

元気いっぱいうなずいた

バカがいい

戦争

敵は相手ではない
戦争そのものだ
殺し殺された者どうしが
それを越えて結ばれる

戦争はしてはいけないのだ
戦争そのものが悪なのだ
でもそれは一人一人の心の中にある
人の心を腐敗させる

戦っているその時
人はそれに気付かない
原爆というとんでもない結末が
彼らの目を覚ました

もっと早く戦争を
止められたはずだ
でも出来なかった
それが現実だ

原爆を落とした者を

許した女性がいる
そう敵は相手じゃない
戦争そのものだ

戦争は一人一人の心の中にある
それをちゃんと
受け入れるべきだ
赦^{ゆる}すべきだ

人々はそれを越えたところで
あるがままの姿で結ばれている
人類は一つなのだ
世界は一つなのだ

闘おう
核兵器のない世界に向かって
闘おう
戦争のない世界に向かって

心の中にある戦争を赦すべきだ
弱い自分を赦すべきだ

広島長崎の教訓を胸に
広島長崎の教訓を胸に

戦犯

戦犯かなんてどうでもいい
自国のために命を落とした人たちに
敬意を表する
本当にすばらしい

それを越えたところに
平和はある
それを越えたところに
平和はある

誰が悪いわけでもない
それを言うならみんな悪いんだ

それを言うならみんな悪いんだ

持ちつ持たれつ

あなたが歩いてる道を
誰が作ってるの
あなたが食べてる野菜を
誰が作ってるの

あなたが着てる服を
誰が作ってるの
あなたが使ってる電気を
誰が作ってるの

あなたが乗ってる車を
誰が作ってるの
あなたが大好きな音楽を
誰が作ってるの

人はみな持ちつ持たれつ
生きている
人はみな頼り頼られ
生きている

だからお金が必要

それが経済
人一人が出来る事は
ほんの少しだけ

だからやりたい事やって
いいんです
だから好きな事やって
いいんです

だからあるがままで
いいんです
それで世の中うまく
いくんです

だから甘えちゃって
いいんです
これこそ
本当の自由です

あっこちゃん

本当に自由
本当に素敵
本当に楽しい
あっこちゃんの唄

勇気をくれる
愛をくれる
力みなぎる
あっこちゃんの唄

夢をあたえる
心ときめく
本当に優しい
あっこちゃんの唄

最高

山田さん

山田さんは最高さ
飲んだくれのおやじだけど
何かとってもいいもの持ってる
男のやさしさそんなもの

一緒に仕事してると
楽しくてうれしいのさ
のんびりやろう
それが山田さんの口ぐせ

俺が間違えると
いつも笑ってる
そんな山田さんが
頼もしい素敵だ

ちゃばちゃば言うやつは好かん
それも山田さんの口ぐせ
俺もそうなんだ
そういうやつはきらいさ

男ならでんとかまえてろ

ちょっと酒に飲まれて
ちょいとくだまきゃいい
俺はそう思うのさ

高所作業

きちんと仕事しなくちゃって思いから

危険を省みなくなる

あの時俺は　落ちたら死んでた

安全帯をかける場所もなかった

あんな事は二度としないと俺は誓った

今でもふいに思い出しぞっとする

相棒

俺は

あんたが

一番

いい

ある若者

選挙なんて行くわけないじゃん
だって何言ってんのかわかんないし
どの人がいいかなんてわかんないし
失礼じゃん

俺の一票が
人の人生
左右しちゃうんでしょ

無理でしょ
うその一票
駄目でしょ

ふとしたしあわせ

ひとりごと　ぶつぶつ

おかあさん

ためいき　つくつく

おかあさん

バカがいい

ラーメン屋さんも
総理大臣さんも
お医者さんも
公務員さんも

建築家さんも
靴屋さんも
弁護士さんも
みんなバカ

魚屋さんも
ＩＴ社長さんも
美容師さんも
銀行員さんも

スポーツ選手さんも
大学教授さんも
作曲家さんも
みんなバカ

バカがいい

バカがいい

バカがいい

バカがいい

ならんでる

ならんでる

傘が三つ
ひらいてる
大っきい傘と
小っちゃい傘二つ

靴が三つ
ならんでる
大っきい靴と
小っちゃい靴二つ

お歳暮

お歳暮をあげたりもらったり

そうしなきゃ付き合えないような仲なら

最初から付き合わなきゃいいじゃん

癌

早期発見

恐るべし

俺のおやじは

何故か気が付く

人間国宝

人間国宝って何？

同じ人間なんじゃない

意味わかんない

いつやるの

だって人っていつ死ぬか分からないでしょ
だったらやりたい事いつやるのって
別に死んだら死んだでいいじゃん

やりたい時にやりたい事やります
思い立ったが吉日
死ぬまでに思い立たないかもしれないけどね

今日死んだら

今日死んだら
どうしよう
だって俺の歌
発表出来ないじゃん

こんなこと
いつも
どこかで
思ってる

死

俺は死んだって

どこにも行かない

付き合ってる人たちの

心の中にいつもいる

文房具

文房具って
温かい
使う前から
わくわくする

良い物に
出合ったら
子供の頃に
戻った気分

欲しかった物に
出合ったら
いっきに子供に
戻っちゃう

本屋

夢がいっぱい
つまってる
心が和む
豊かな時間

目当ての本が
なくてもいい
ゆっくり　ぶらぶら
本を手にとる

時計

あっちこっちに
時計があると
ほっとする

まだまだ時間に
しばられてるのかな

いや今は
時間をちゃんと
作ってます

風鈴

風鈴のふいのやさしい音が

ふと　我に戻してくれる

つい何かを

思いつめちゃってることって

よくあるもの

味噌汁

窓からの
日差しに
湯気が
立ち上る

ゆらゆらと
おいしそう

これって
幸せ

アルツハイマーの母

もう四年

こんな調子で行こうね

東京オリンピック

一緒に見たいな

みんなで見たいな

母の言葉

自分でそれくらい
好きでなきゃ出来んにいね
好きじゃったら　小さくても
自分からやるからええいね

そんなにしんどいなら辞めたらええ
自殺なんてもってのほか
みんなに迷惑かけるだけ
代わりはいくらでもおるいね

無理心中か
生活苦じゃろうか
子供まで
連れていかんでもええのに

良い事と思ってした事が
人から見たら良くなかったり
そんなことはよくあるいね
それでええいね

火事はしょうがないけど

写真がねえ
昔の写真が残っちょったら
よかったのにねえ

去年の優勝チームでも
負けることはあるいね
しっかり泣いたらええ
悔しがったらええ

この花は実らんかったねえ
かわいそうにねえ
今年はバラがよう咲いた
よかったよかった

寝るより楽はなかりけり
寝んと起きれん
寝まひょ寝まひょ
ありがとねえ

生きる

新しい旅

時代のせいにしてきた大人たちは
子供の気持ちも解らないまま
ぐれてしまうのを子のせいにした

彼らはうつむいたまま人を殴る
やり場のない怒りが
子供たちにそれを強いた

貧乏だからこその
万引きとは違い
ゲーム感覚のそれ

公園や野山をかけめぐり
木や花と柔らかい光に
包まれた中の
心地好い肌の感覚や匂い

雨あがりの冷ややかな湿気をおびた山に
静かに流れる空気
この中で土の柔らかさを知り
清水の流れるのに触ってみる

そういうものから目隠しを強い
何かに憑かれるように動いた時代
信用出来る大人は見つからず
狂気に目を見開くしかなかった

今彼らは新しい何かを
見つける旅に出ようとしている
時代のせいにしてきた大人たちに言いたい
信じて見守ってほしいと

ヒロインたち

ミルクポットをのぞいてみたなら
そこに鮮血一筋の光
八重歯落としたヒロインたちの
声が聞こえる

八重歯落としたヒロインたちは
虚ろな目をした小魚のようで
泳ぐなんて出来ない
ミルクポットをただ見つめる

どうなっちまったんだい
俺たちは大きな勘違いをしている
いくらあがいても
消せはしないさ

どうなっちまったんだい
俺たちは大きな勘違いをしている
これは消してはだめさ
覚えておくのさ

行くところまで行ってしまえ

どうなっちまうか確かめるのさ
絶対にそれがいい
どうやったって行ってしまうさ

そして生まれ変わるのさ
失敗は無駄じゃない
次に進む大事な一歩
大きな一歩を踏み出すのさ

見てみろよヒロインたちの
目が輝き出した
くたくたの彼女たちの
背筋が伸びた

人は失敗するものさ
そういう生き物なのさ
失敗は無駄じゃない
大きな一歩を踏み出すのさ

トロッコ

トロッコに乗って君は進む
いかにも順調そうだけど
それは君の望むものじゃない
安心安定を選んだのさ

トロッコから降りるのが恐い
でもよく見てごらん
前方には雷雲が
少し雨も降ってきた

それでも君は前へ進む
トロッコに乗ってさえいれば
幸せが待っていると
そう信じているのさ

でももうやばいぜ
君の服はびしょぬれで
誰も君を助けてくれない
だってみんな同じだから

人のことを考える余裕はない

自分さえ幸せになればいい
でもよく考えてごらん
トロッコから降りてもいいんだぜ

そのまま進めばきっと
君の頭はいかれちまうだろう
少しでも早く
気付いてほしい

いったい何を欲しがってるの
やりたいことをやりなよ
それが本当の幸せ
何も持たなくていいんだよ

だって全てはすでにある

だって全てはそこにある

しめのラーメン

集団的自衛権
認めない　イェ〜イ
総理やめちまえ
は〜すっきりした

憲法九条改定
認めない　イェ〜イ
総理やめちまえ
は〜すっきりした

森加計問題
許せない　イェ〜イ
総理やめちまえ
は〜すっきりした

次は何
もっとすっきりしたい
次は何
早く早く

消費税増税

認めない　イェ〜イ
総理やめちまえ
は〜すっきりした

原発推進
認めない　イェ〜イ
総理やめちまえ
は〜すっきりした

小池旋風
吹き荒れろ　イェ〜イ
総理やめちまえ
は〜すっきりした

次は何
もっとすっきりしたい
次は何
早く早く

このしめのラーメンが
うまいんだよな
今日も一日
ごくろうさん

でも俺は自民党に
一票入れる
だって結局
それしかないじゃん

オリンピック

オリンピックのために
過労死労働
ある若者が
とうとう自殺した

そんなことになってまで
オリンピックやる必要あるの
くだらない
やめちまえ

今までにない
一番ひどい現場
人が大事
人の命が大事

もうこれで
オリンピック楽しめない
いやなしこりが
残ったまま

みんな頭が
狂ってる
人はいつも
こうなってしまう

俺だって
そんな人間の一人
いつ狂っちまうか
わからない

心から思えば

心から思えば必ず叶う
たばこだってやめられる
本当にやめたいと思ったら
何の苦もなくやめられる

心から思えば必ず叶う
ダイエットだってうまくいく
本当に痩せたいと思ったら
かってに食事制限しちゃうもの

心から思えば必ず叶う
夢だって必ず叶う
本当にそうしたいと思ったら
かってにそうなる方法探すもの

心から思えば必ず叶う
結婚だって必ず出来る
素敵な結婚望んだら
素敵な人に必ず出会う

運命の人

好きとかきらいとか
恋とか恋愛とか
そういうんじゃない
あっ、この人

彼女が確定申告の
スタッフだったから
その場では
何もなかったけど

そのあと俺は確信した
無意識の選択
俺は必ず彼女に
もう一度会う

十数年来心にあった
もやっとした不安が
彼女に会ったとたん
すっと消えた

間違いない

俺は出会った
運命の人に
ほんもんの相手に

彼女に会いたい
彼女に会いたい
彼女に会ってから
ほんとに心が軽くなった

彼女もそう思ってくれてたらいいのに
でもそんな気がする
俺はそんな気がしてる

コツンコツン

杖の音が　コツンコツン

おばあちゃんが　歩いてます

ゆっくりゆっくり　コツンコツン

少し休んで　コツンコツン

生きる

鉢の下から花が咲く
なんという生命力の強さ
鉢すら突き破る勢い
根を張れるだけ張っている

人もそんな力を持っている
ぶかっこうでもいい
それが本当の美しさ
あるがままに生きる

それが本当の美しさ
あるがままに生きる

鉢なんていらない

鉢なんていらない

壊れたＣＤケース

またピアノ
弾かなくちゃ
弾かなくちゃって
捕らわれていたかも

壊れたＣＤケースが
送られてきて
まっいいかって思ったら
ふっと気が軽くなって
それに気付いた
それに気付いた

料理もちゃんと
作らなくちゃって
窮屈だった
こんなことってあるんだね

そう　肩の力抜かなくちゃ
　　　肩の力抜かなくちゃ

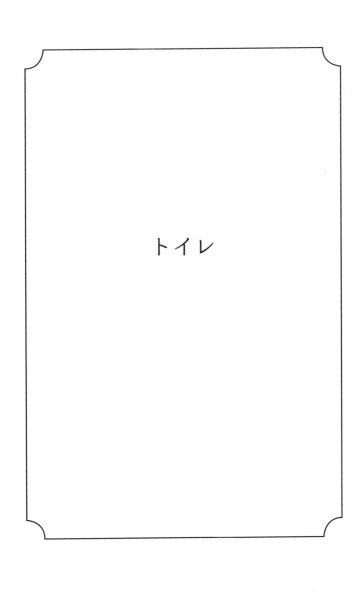

トイレ

サイクリング

いやあ　サイクリングは楽しいね
すれちがうサイクリング仲間と
挨拶交わして
長い坂道上りつめた時の
あの気持ち　たまんないね

荷物が軽けりゃ楽だけど
なにしろテントの道具積んでるもんね
それなのに相棒のやつは
いっきに坂を下りて行く

帰りの事考えると何かいやだね
帰りはこの坂上るんだからね
先の事は考えまい　なんとかなるさ
そん時はそん時だ

高い山が見えたらぞっとする
でもその山登る時
不思議と無心に登りきる
やっぱり目的地まで行きたいもんね

テント張った時　むしょうに不安だった
恐れおおくも浜辺に張って
雨が降れば流されそうで
そしたら本当に雨が降ってきた

寝る時も波の音がうるさくて
怖くてなかなか寝つけなかった
でも朝　目が覚めて
テントから出てみると
水平線に朝日が昇る
最高だね

そしていよいよ最終日
我が家に向けて出発
流石に疲れと空腹で
思うように進まなかった

皮肉なことに逆風で
ついでにパンクもした
相棒のやつは俺を
風よけに使いやがる

でもどうにかこうにか
ペダルを踏んで

やっと我が家についた時は
疲れと安心感でバタンキュー

それでも最高だね
往復すること250キロ
また行きたいよ

バレンタインデー

げたばこ開けたら　チョコ

机探ったら　チョコ

スポーツバッグにも　チョコ

俺すげえ

するどいハサミ

幼い頃
母がはいはいする妹にしりもちついた
その時妹はハサミを持っていて
もしそれが立っていたらとぞっとした

今でもふいに思い出し
そのたんびにぞっとする
もしあの大きいするどいハサミが
立っていたらと

グラビア

カメラマンってすごいよね
こんなにきれいに
女性を撮れるなんて
まさに奇跡

つって女性だけじゃない
風景もほんとに美しい
まさに女性と風景の
最強タッグ

これぞ　地上の楽園
この上ない美しさ
これこそ　地上の楽園
この上ない美しさ

何すんだよ
バカ
もう
やべえって

灰色の影

空に浮かぶ
灰色の影
なんとなく
気味悪くて
ママに言った
「あれ気味悪い」

ママは僕を
やさしく抱いて
小さな声で
そっと言う
「よく見ときなさい」

僕は無邪気に
「うん」と答える
ママの目は
涙でぬれて
灰色の影
睨んでた

僕の見た

すごく怖い目
初めてだった
あんなにすごい
ママの目

マリアンヌ

マリアンヌを聞くと
落ち着く　ほっとする
この安らぎ不思議
何だろうこの安らぎ

しわがれた声
As　Tears　Go　By
身も心も許してしまう
この不思議な安らぎに

幸せ

こたつ

こたつはよくない

あまりに気持ちいいもんだから

ついつい寝てしまう

気付いたら朝方だったり

困ったもんだ

トイレ

トイレってなんか

一人になれて

ゆっくりいろいろ

考えることが

出来るよね

だからやっぱ

トイレはいつも

きれいでないと

落ち着かない

大掃除

久しぶりに大掃除
一万円札出てこないかななんて
思いながらやってたら
本当に出てきた

まじやばい
お金がたりないって
思ってたとこなんだよね
もう一枚出てこないかな

この封筒怪しいなんて
思いながら開けてみたけど
やっぱりないか
そうはうまくいかないな　ふう

千円札でもいいから
出てこい　出てこい

ここはどう
やっぱりないか

十五年目の真実

ある詩をやっと仕上げた
それこそ十五年越し
そしたらどうだ
ある事に気付いた

好きだったのさ
彼女に惚れていたのさ
あの時だったのさ
なぜ　帰ったのだろう

彼女は素敵だった
本気で惚れていたのさ
十五年目にして
気付いてしまった

あの時プロポーズしていれば
全てが違っていたのさ
何かが煮え切らない
十五年だった

そういう事だった

本気で惚れていたのさ
彼女に会うことは
もうないだろう

気付いてよかった
俺はおかしい
あの時　なぜ
なぜ　帰ったのだろう

何かが煮え切らない
十五年だった
いや煮え切らない事にも
気付いてなかった

知らないうちに
本気で惚れていたのさ
全く気付かない
十五年だった

彼女が素敵だという事にも
十五年目にして
やっと気付いたのさ

ルー・リード

ルーを初めて聞いた時
何だよこれって思った
本読めねえじゃんって
Live In Italy

すごくパワフルなサウンド
心揺さぶる大パノラマ
あっという間にのめり込んで
全てのアルバムをチェックした

ほんとにリアルなルーの詩
何度も読み返してる
リマスターのさらなる美しさ
まさにダイヤモンド

いかした音楽を聞くと
鳥肌が立つ
これ聞いてみろよ
ケイルも気に入るさって

俺も作り出したい

この地上に天国を
人がやらない事をやる
自分が好きかどうかだけ

「楽しんでくれ」
ルーはそう言っている
天国で

「楽しんでくれ」
ルーはそう言っている
天国で

あとがき

　実は私は若い頃、東京でミュージシャン目指してバイト生活していました。しかし、残念ながら、志半ばで挫折しました。

　この詩集『白い犬』は、その頃から書き続けてきた詩を取捨選択し、さらに必要な詩には修正を加え、一冊の詩集にまとめたものです。

　本来なら、CDを先に作り、詩集はそのあと出版するのが普通の流れでしょうが、何しろ、ピアノが思うように練習できず、だったら先に詩集を出しちゃえということになりました。
　私は同じ詩でも読むのと、曲として聞くのでは、感じ方が違うと思っていますので、これはこれでありだと思っています。

　この詩集『白い犬』が、皆様の心に届いたのなら幸いです。

　最後に、文芸社の皆様には心より感謝申し上げます。
　お力添えありがとうございました。

けのすけ

著者プロフィール

けのすけ

1965年生まれ
山口県出身
大阪あべの辻調理師専門学校卒業
現在、山口県在住

白い犬

2020年1月15日　初版第1刷発行

著　者　けのすけ
発行者　瓜谷　綱延
発行所　株式会社文芸社
　　　　〒160-0022　東京都新宿区新宿1−10−1
　　　　　　　　　電話　03-5369-3060（代表）
　　　　　　　　　　　　03-5369-2299（販売）

印刷所　株式会社フクイン